文 **路易絲・史比爾斯布里** Louise Spilsbury

童書作家,寫了很多很多的童書。她創作的主題非常廣泛,從科學到地理歷史、社會問題、藝術和文化都有涉略。和作家先生以及兩個孩子,在英國德文郡生活和工作。

圖 **漢娜尼・凱** Hanane Kai

從美國聖母大學畢業後,先從事平面設計,之後追求她的理想──插畫、攝影和微縮模型設計。她用視覺效果來表現自己的觀點,希望透過每張插畫來觸碰讀者,並帶給他們不同的情感或想法。她所繪圖的書 Tongue Twisters,獲得義大利波隆那兒童書展拉加茲童書獎中的「新視野獎」。

譯 **李貞慧**

國立臺灣大學外國語文學系碩士,現任高雄市立後勁國中英語教師。重度繪本愛好者,這些年熱情走在「用繪本翻轉英語教學」及「推廣大人閱讀繪本」的路上。目前已有五百多場「英文繪本親子共讀」與「英文繪本教學」相關場次的演講經驗,另譯有繪本數十冊。

為什麼要保護我們的地球？

世界中的孩子 ⑧

文 路易絲・史比爾斯布里
Louise Spilsbury

圖 漢娜尼・凱
Hanane Kai

譯 李貞慧

目錄

我們居住的地球遍布著各種生物，小至昆蟲，大至鯨魚，當然還有我們人類。神奇的地球帶給我們和其他生物生存所需的一切。

　　地球提供生物呼吸的空氣、維持生命所需的飲用水和食物。我們使用植物和其他自然資源來製造衣服、房屋和藥品，還會使用來自土地的燃料來發動機器。地球幫助我們，我們應該也要保護它！

當地球是乾淨、健康的狀態時，住在上面的人類、植物和動物也會是乾淨、健康的。當我們破壞地球的某些部分，我們就是在摧毀所有生物賴以生存之處。

如果眼前有座美麗的公園，想像它到處都是垃圾，看起來一定不再美麗。正在尋找食物吃的動物也會被困在罐子裡，或是被鋒利的罐蓋邊緣所傷。這樣一座髒亂、滿是廢棄物的公園，絕對不再好玩或安全。

我們的星球也正在遭受廢棄物破壞。每分鐘都有滿滿一卡車的塑膠廢棄物流入海洋！任何像這樣使地球變得骯髒且不健康的東西，都叫做「汙染」。

當人們焚燒燃料來供給汽車和工廠機械的動力時，就會產生空氣汙染。焚燒燃料會釋放煙霧和其他氣體到空氣中，吸入這種受汙染的空氣會使人生病。

焚燒燃料所釋放的氣體，也
會導致另一個問題 —— 這些氣
體就像毯子一樣包覆住我們
的星球，讓太陽的熱氣難
以散去，使得地球越來越
熱，這就是我們所熟知
的「全球暖化」。

全球暖化會引發許多大問題， 太熱會使人生
病； 高溫會導致火災， 燒毀森林和房屋；
當天氣炎熱又沒有雨水時， 植物會
枯死， 人類和動物將會挨餓。

11

我們還會使用大量的電力、燃料和自然資源來製造新東西。例如，為了製造塑膠玩具，我們從地下抽取石油來生產塑膠原料、挖取煤礦來發電，以為製造玩具的工廠機器提供動力。貨車則使用大量燃料將玩具送往商店販售。

人類製造和購買太多新東西，使得地球上的自然資源逐漸被消耗殆盡。不斷生產製造新東西，也造成更多的汙染並導致全球暖化。

其中我們消耗得太快的自然資源是樹木。人類砍樹製造紙張與家具，甚至砍伐整座森林來整地建造城市、飼養農場動物和種植糧食。每一分鐘我們大約喪失三十六座足球場大小的樹林。

我們需要樹木， 因為樹木有
助於保持地球空氣的健康。 樹
木能製造新鮮的氧氣， 氧氣是
人們呼吸和維護生命所不可或
缺的。 除此之外， 樹木還能吸
收一些導致空氣汙染和全球暖
化的氣體來淨化空氣。

當物品破損或老舊時，人們常會丟掉大量不想要的東西。但其中有一些廢棄物對地球極為有害，例如塑膠。塑膠不像紙張和食物一樣會腐爛，它會留在地球上好幾百年。

　　當塑膠、食物和舊電腦等廢棄物在垃圾場中分解時，會造成很大的問題。它們會釋放出一些可能造成地球暖化的氣體，也會滲出有毒物質進入土壤，進而汙染生物賴以為生的水源。

值得慶幸的是，有許多人正在努力保護我們的地球。有些國家立法禁止砍伐樹木，有些國家則立法禁止工廠和發電廠製造汙染。

同時也有國家立法禁止商家提供只用一次便丟棄的塑膠袋，甚至對亂丟垃圾的人祭出嚴厲的罰則。

保護地球，我們都能盡一份力。首先可以減少購買和丟棄物品的數量，我們可以向朋友商借用品，或是到公益商店購買。

　　為了減少廢棄物，我們還可以將午餐裝在能多次使用的器皿中，而不是一次性使用的塑膠袋；也可以把飲料裝在可以重複使用的瓶子裡，而不是購買只能使用一次的罐裝飲料和寶特瓶。

許多東西都能重複再利用，而不是把它丟棄。能把東西修理好是件好事，這樣可以延長它的使用時間。例如，損壞的玩具可以重新黏合，牛仔褲的破洞也可以縫補。

使用不同的方式來重複使用物品，是很有意思的。為何不用空的包裝容器來進行藝術創作，或是拿來存放著色鉛筆等呢？與其扔掉舊的或只剩一隻的襪子，不如把它們做成有趣的襪子玩偶！想想看還有什麼東西可以拿來重複使用的呢？

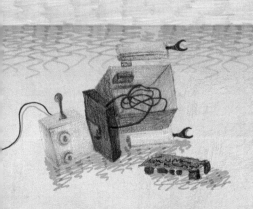

其實有很多東西可以回收再利用，抑或是重製成新的產品，如此一來，就能節省電力、燃料和自然資源。我們可以回收使用過的玻璃瓶、塑膠瓶、金屬罐，甚至舊衣和舊鞋。

在ㄗㄞ回ㄏㄨㄟ收ㄕㄡ中ㄓㄨㄥ心ㄒㄧㄣ，各ㄍㄜ種ㄓㄨㄥ瓶ㄆㄧㄥ罐ㄍㄨㄢ和ㄏㄜ紙ㄓˇ張ㄓㄤ都ㄉㄡ會ㄏㄨㄟ被ㄅㄟ壓ㄧㄚ碎ㄙㄨㄟ、分ㄈㄣ解ㄐㄧㄝ，然ㄖㄢ後ㄏㄡ再ㄗㄞ製ㄓ成ㄔㄥ新ㄒㄧㄣ的ㄉㄜ瓶ㄆㄧㄥ罐ㄍㄨㄢ和ㄏㄜ紙ㄓˇ張ㄓㄤ。塑ㄙㄨ膠ㄐㄧㄠ瓶ㄆㄧㄥ也ㄧㄝˇ可ㄎㄜˇ以ㄧˇ回ㄏㄨㄟ收ㄕㄡ做ㄗㄨㄛ成ㄔㄥ全ㄑㄩㄢ新ㄒㄧㄣ的ㄉㄜ東ㄉㄨㄥ西ㄒㄧ，像ㄒㄧㄤ是ㄕ刷ㄕㄨㄚ毛ㄇㄠ外ㄨㄞ套ㄊㄠ與ㄩˇ獨ㄉㄨ木ㄇㄨ舟ㄓㄡ。只ㄓˇ要ㄧㄠ大ㄉㄚ約ㄩㄝ十ㄕ個ㄍㄜ寶ㄅㄠˇ特ㄊㄜ瓶ㄆㄧㄥ，就ㄐㄧㄡ能ㄋㄥ做ㄗㄨㄛ成ㄔㄥ一ㄧ件ㄐㄧㄢ新ㄒㄧㄣ的ㄉㄜ上ㄕㄤ衣ㄧ！

有許多方法可以減少使用燃料和電力。 例如，離開房間時， 要隨手關燈； 寒冷時， 穿上毛衣保暖， 而不是打開電暖器； 盡量以短時間的淋浴取代泡澡。 淋浴使用的水量較少， 也耗費較少的能源來加熱水。

共乘交通工具也能節省燃料。 可以選擇搭巴士旅行， 或共乘朋友的車上學、 參加社團。 若能走路或騎腳踏車會更好。 這樣不但可以節省石油，還能讓你多做些運動！

關心我們宏偉又美麗地球的另一種方法， 就是走出戶外， 享受大自然！ 無論是出門散步、 造訪當地的樹林， 或是在野生動物園度過一段美好的時光都很棒。 你可以划船溯溪， 或到海邊岩池探險。 你最喜歡的戶外活動是什麼呢？

　　我們都需要好好愛護地球， 因為地球也在盡心盡力的照顧我們。 如果我們都能做出一點點的改變來保護地球， 將能看見出乎意料的成效。

學一學本書中的相關用詞

煤礦 coal

蘊藏煤的礦石，可藉由燃燒以釋放熱能。

愛心商店 charity shop

出售人們捐出的二手物品來募款行善的地方。

全球暖化 global warming

在一段時間中，地球的大氣和海洋因溫室效應而造成溫度上升的氣候變化。

氣體 gas

一種像空氣一樣沒有固定形狀的物質。有些氣體可以做為燃料燃燒。

燃料 fuel

一種像是煤或石油的物質，能夠燃燒產生熱能或動力。

法律 law

經由特定成員共同討論制訂，可為大家共同遵守並具有約束懲治效率的法規條文。

脆弱的 fragile

容易受到損壞傷害。

天然資源
natural resources

地球上天然產生，可供人類使用的資源。

垃圾場
rubbish dumps

專門堆積垃圾和廢棄物的場地。

汙染 pollution

讓空氣、土壤和水變得骯髒且不健康的東西。

發電廠
power station

生產及輸送電力的工廠。

石油 oil

黑色黏滯性大的液體。是有機物質在古地質年代沉積而成，可做為燃料或是塑膠製品原料。

31

本系列與中小學國際教育能力指標對應表

本系列扣合「中小學國際教育能力指標」之學習目標，期待透過本系列的文字及圖畫，孩子、家長及教師能一同探討世界上發生的重大議題，進而引發孩子關懷的心，讓孩子在往後的人生道路中，能夠時時關心這個世界並付出己力。

備註：表格中以色塊代表哪一繪本，並於其中標註頁數

為什麼會有權利與平等？　**為什麼要遵守規則並負責任？**　**為什麼要尊重文化多樣性？**　**為什麼要保護我們的地球？**

中小學國際教育能力指標（基礎能力）

目標層面	能力指標編碼與學習內容	本系列相應內容
國際素養	2-1-1 認識全球重要議題	文化多樣性 P4-28　權利與平等 P4-28 規則和責任 P4-28　地球與永續 P4-28
	2-1-2 體認國際文化的多樣性	文化多樣性 P4-28
	2-1-3 具備學習不同文化的意願與能力	文化多樣性 P22-28
全球責任感	4-1-1 認識世界基本人權與道德責任	文化多樣性 P24-28　權利與平等 P4-28　規則和責任 P6-7
	4-1-2 瞭解並體會國際弱勢者的現象與處境	文化多樣性 P24-28　權利與平等 P4-28　規則和責任 P20-21

中小學國際教育能力指標（中階能力）

目標層面	能力指標編碼與學習內容	本系列相應內容
國際素養	2-2-1 瞭解我國與全球議題之關連性	文化多樣性 P6-10　地球與永續 P4-29 權利與平等 P26-29　規則和責任 P4-28
	2-2-2 尊重與欣賞世界不同文化的價值	文化多樣性 P4-28
全球競合力	3-2-3 察覺偏見與歧視對全球競合之影響	文化多樣性 P22-28　規則和責任 P4-28
全球責任感	4-2-1 瞭解全球永續發展之理念並落實於日常生活中	地球與永續 P4-28
	4-2-2 尊重與維護不同文化群體的人權與尊嚴	文化多樣性 P4-28　權利與平等 P4-28　規則和責任 P4-28

中小學國際教育能力指標（高階能力）

目標層面	能力指標編碼與學習內容	本系列相應內容
國際素養	2-3-1 具備探究全球議題之關連性的能力	文化多樣性 P4-29　地球與永續 P4-29 權利與平等 P4-29　規則和責任 P4-29
	2-3-2 具備跨文化反思的能力	文化多樣性 P22-27　權利與平等 P26-29　規則和責任 P28-29
全球責任感	4-3-1 辨識維護世界和平與國際正義的方法	文化多樣性 P26-29　權利與平等 P18-29　規則和責任 P20-25
	4-3-2 體認全球生命共同體相互依存的重要性	文化多樣性 P18-29　規則和責任 P20-21

◎◎ 知識繪本館

為什麼要保護我們的地球？

世界中的孩子 ⑧

作者｜路易絲‧史比爾斯布里 Louise Spilsbury
繪者｜漢娜尼‧凱 Hanane Kai
譯者｜李貞慧
責任編輯｜詹嬿馨
美術設計｜蕭雅慧
行銷企劃｜翁郁涵、張家綺

天下雜誌群創辦人｜殷允芃
董事長兼執行長｜何琦瑜
媒體暨產品事業群
總經理｜游玉雪
副總經理｜林彥傑
總編輯｜林欣靜
行銷總監｜林育菁
主編｜楊琇珊
版權主任｜何晨瑋、黃微真

出版者｜親子天下股份有限公司
地址｜台北市104建國北路一段96號4樓
電話｜（02）2509-2800　傳真｜（02）2509-2462
網址｜www.parenting.com.tw
讀者服務專線｜（02）2662-0332　週一～週五 09:00~17:30
讀者服務傳真｜（02）2662-6048
客服信箱｜parenting@cw.com.tw
法律顧問｜台英國際商務法律事務所‧羅明通律師
製版印刷｜中原造像股份有限公司
總經銷｜大和圖書有限公司　電話：（02）8990-2588

出版日期｜2022年10月第一版第一次印行
　　　　　2024年 5 月第一版第二次印行
定價｜320元
書號｜BKKKC220P
ISBN｜978-626-305-305-2（精裝）

訂購服務 ————————————————
親子天下Shopping｜shopping.parenting.com.tw
海外‧大量訂購｜parenting@cw.com.tw
書香花園｜台北市建國北路二段6巷11號　電話｜（02）2506-1635
劃撥帳號｜50331356 親子天下股份有限公司

  立即購買 >

國家圖書館出版品預行編目資料

世界中的孩子 8：為什麼要保護我們的地球？路 易‧史比爾
斯布里 (Louise Spilsbury) 文 ／；漢娜尼‧凱 (Hanane Kai)
圖；李貞慧 譯 . -- 第一版 . -- 臺北市：親子天下股份有限公司，
2022.10
32 面；22.5×22.5 公分　注音版
譯自：Children in our world : protecting the planet.
ISBN 978-626-305-305-2（精裝）

1.CST: 環境教育　2.CST: 環境保護　3.CST: 繪本
445.9　　　　　　　　　　　　　　　　111013205